हवलदार बहादुर
और
साठ लाख का
बकरा
चित्रांकन : बेदी □ लेखक : विनय प्रभाकर
ोफेसर मार्गो पी.पी. अपने नए आविष्कार का फार्मूला तैयार करने में
्यस्त था।
ही... ही... ही...! आखिर मैंने स्कड मिसाईल से भी भयानक मिसाईल बनाने का तरीका खोज ही लिया।
प्रयोगशाला के बाहर प्रो० मार्गो पी.पी. के बॉडी गार्ड खड़े थे।
यार जुम्बा! प्रोफेसर घर से बाहर जाता ही नहीं, फिर उसने बाडी गार्ड क्यों रखे ?
ओय टुम्बा! हमारा काम
ालतू बातें सोचना नहीं है।
स, इतना याद रख कि
मारे होते मक्खी भी उनके
निकट नहीं पहुंचनी चाहिए।
ओ.के. जुम्बा!
तभी—
भिन्न... भिन्न
मक्खी!
सावधान! शत्रु आ पहुंचा है!
और—
धांय

गोली की आवाज सुनकर मार्गो पी.पी. उछल पड़ा था।
धोय
ओय!
अगले पल –
जुम्बा-टुम्बा, क्या चीज फटी है?
है... है... है...! कुछ नहीं फटा सर।
बल्कि हमने आपके एक शत्रु को समाप्त कर दिया है।
यस सर! एक मक्खी प्रयोगशाला की ओर बढ़ रही थी, हमने उसे शूट कर दिया।
क्या मक्खी पर गोली चल उल्लू के पिल्ल दोनों। गुर्र.
फिक्र नॉट, आगे से हम मक्खी पर गोली नहीं चलाएंगे।
टुम्बा, प्रोफेसर को हमारी सतर्कता पसंद नहीं आई।
तभी –
मेंऽऽऽ
ओए! यह बकरा कहां से आ गया?

गोली मार दूं साले को?
ओए नहीं, कान पकड़कर बाहर निकाल दे।
मेरा कान पकड़ेंगे। अभी बताता हूं सालों को। गुर्र... गुर्र...!
और फिर टुम्बा की।
ओए!
पहले जुम्बा की शामत आई।
ठाक
ठाक
उई... ई... ई...
राकेट की तरह उड़ते टुम्बा...
जुंsss
...ने सीधे मार्गो पी.पी. पर लैंड किया।
धड़ाम
ओए!

ओय! की होया?
ब... बकरा!
बकरा! ओह! यह तो मेरा वीरू है। आजा वीरू!
य... यह आपका बकरा है?
दुम्बा मुंह लटकाए बाहर आ गया।
यार, वह खुराफाती बकरा प्रोफेसर का पालतू है।
साले ने बड़े जोर से टक्कर मारी थी।
कुछ देर बाद-
जुम्बा-टुम्बा! मैं प्रैस कांफ्रैंस में अपने नए आविष्कार की घोषणा करने जा रहा हूं। तुम दोनों सुरक्षा के लिए मेरे साथ चलोगे।
यस सर!
ओ. के. बॉस!
तुरंत ही वे रवाना हो गये।
जरा सावधान रहना। शत्रु मेरी ताक में होगा।
प्रोफेसर का ख्याल गलत नहीं था।

नु वाकई उनकी ताक में था।
प्रोफेसर मार्गो पी.पी. की कार आ रही है बॉस!
कार को रोकना तुम्हारा काम है दुल्लती झाड़। बाद में गुदगुदी पहलवान और घुटना तोड़ उन्हें संभाल लेंगे।
ओ.के. बॉस! मैं जाता हूं।
दुल्लती झाड़ सड़क के बीचो बीच पहुंचा और घोड़ा बनकर खड़ा हो गया।
धर–
आंय! यह सड़क के बीच कौन मुर्गा बना हुआ है?
साले ने रास्ता रोक रखा है। जरा कार रोक तो।
ओए, तू घोड़ा है या आदमी!
ही... ही... ही...! अभी बताता हूं।
और जैसे ही जुम्बा उसके निकट पहुंचा।
ये ले!
धाड़
आह!

ओह!
धनाक
हाय!
तभी गुदगुदी पहलवान झाड़ियों से बाहर निकला और -
क... कौन हो?
गुदगुदी पहलवान नाम है मेरा। ही... ही... ही...!
आई... ही... ही... ही...!
पहलवान ने उसे नीचे गिरा दिया।
हा... हा... गुदगुदा कर बावला कर देता हूं मैं।
हा... हा... हा... ही... ही... ही... हो... हो... हो...
घुटना तोड़ अपनी हथौड़ी लेकर जुम्बा के निकट पहुंचा था।
ठक
ओह! मार डाला
हे... हे... हे... पांच सौ एक घुटने तोड़ चुका हूं अब तक।
ठाक

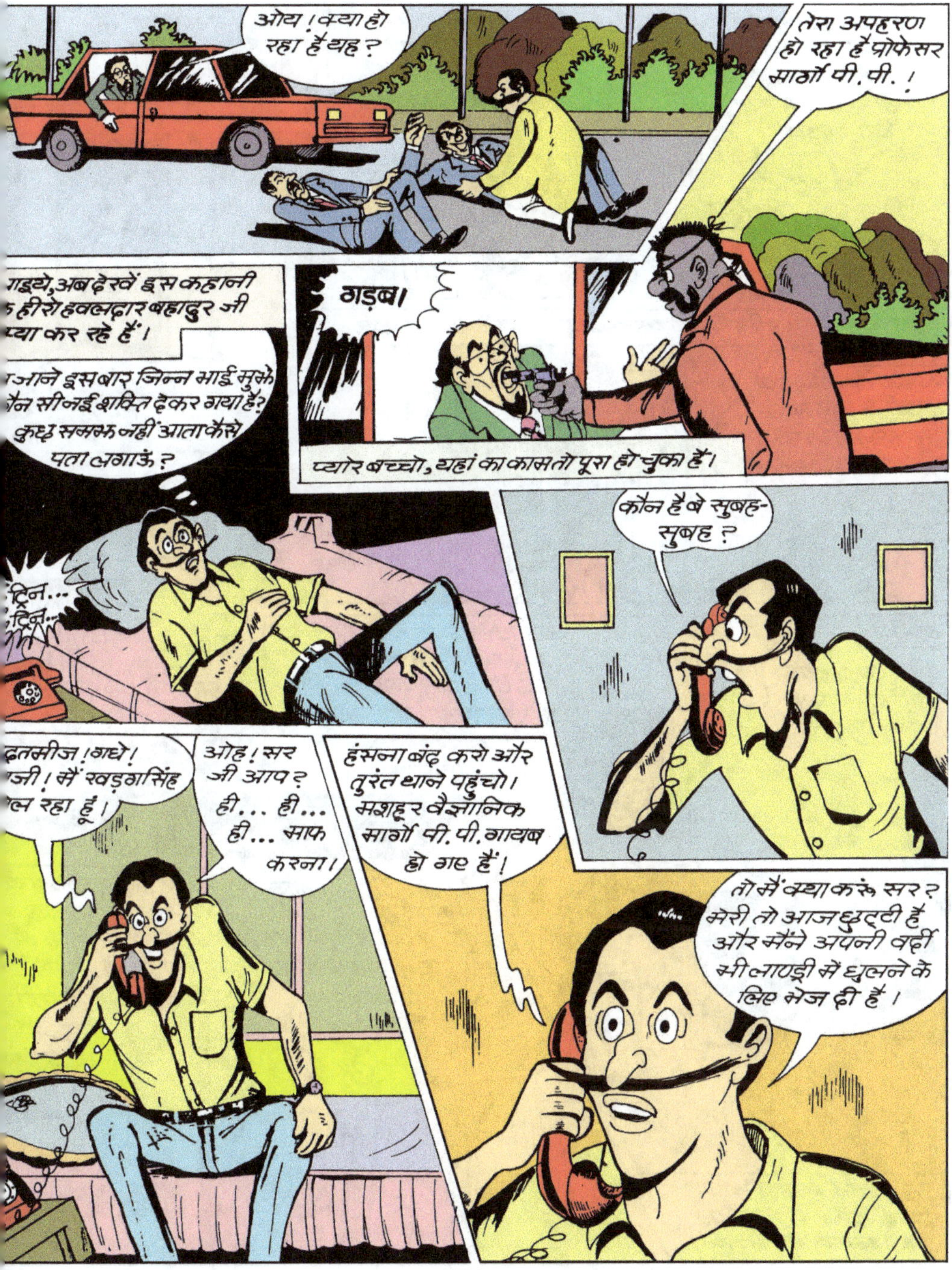
ओय! क्या हो रहा है यह?
तेरा अपहरण हो रहा है प्रोफेसर सार्गो पी.पी.!
अब देखें इस कहानी
हीरो हवलदार बहादुर जी
कर रहे हैं।
गड़ब।
प्यारे बच्चो, यहां का काम तो पूरा हो चुका है।
इस बार जिन्न भाई मुझे
सी नई शक्ति देकर गया है?
कुछ समझ नहीं आता कैसे पता लगाऊं?
कौन है बे सुबह-सुबह?
गधे!
मैं खड़गसिंह
रहा हूं।
ओह! सर जी आप? ही... ही... ही... माफ करना।
हंसना बंद करो और तुरंत थाने पहुंचो। मशहूर वैज्ञानिक सार्गो पी.पी. गायब हो गए हैं!
तो मैं क्या करूं सर? मेरी तो आज छुट्टी है और मैंने अपनी वर्दी भी लाण्ड्री में धुलने के लिए भेज दी है।

यह इमरजेंसी है मूर्ख! तुम सिविल ड्रेस में ही आ जाओ। आधे घण्टे में ड्यूटी पर नही पहुचे तो सस्पैंड कर दिये जाओगे।
खटाक
आंय! फोन बंद कर दिया!
अब तो आधे घण्टे में पहुंचना ही होगा। पहले नहा लूं।
हड़बड़ाहट में वह भीतर से दरवाजे की चिटकनी लगाना भूल गये थे।
खड़गसिंह का बच्चा छुट्टी के दिन भी आराम नहीं करने देता।
सारे कपड़े उतारते ही हवलदार अदृश्य हो गए और उन्हें इसका पता भ न चला।
तभी-
ओए ठण्डे-ठण्डे पाणी से नहाणा चाहिए।
ओय! यह कहां आ मरा!
वास्तव में जिन्न ने उन्हें यही नहीं शक्ति दी थी कि जब भी वह शरीर के सारे कपड़े उतारेंगे, अदृश्य हो जाएंगे और कोई उनकी आवाज भी नहीं सुन पाएगा।
टुण्ड को न तो हवलदार बहादुर दिखाई दिए थे और न ही वह उनकी आवाज सुन सका था।
हे... हे... हे...! आज उस मूर्ख हवलदार की छुट्टी है। कोई मुझे जल्दी गुसलखाने से निकलने को नहीं कहेगा।
गुर्र... गुर्र... मुझे मूर्ख कह रहा है। पर यह साला क्या अंधा हो गया है, जो मैं इसे दिखाई नहीं दे रहा

अबे ओ टुण्ड के बच्चे ! तुझे दिखता नहीं क्या ?
अब हो जाए स्नान।
आंय... ! आवाज भी नहीं सुन रहा। कुछ गड़बड़ लगती है।
ओ गाणा आवे या ना आवे गाणा चाहिए।
अगले पल –
उल्लू के पट्ठे !
ओय ! कौन है ?
ठाक
आंय ! यहां तो कोई नहीं है। शायद मेरा पांव रपट गया था।
ओह ! यह तो मुझे सचमुच ही नहीं देख पा रहा।
तभी एक ख्याल आते ही हवलदार बहादुर उछल पड़े।
ओह ! कहीं जिन्न भाई इस बार मुझे अदृश्य हो जाने की शक्ति तो नहीं दे गया ? जरूर यही बात है। मैं अदृश्य हो गया हूं। तभी मैं टुण्ड को दिखाई नहीं दे रहा हूं।
खुशी के मारे वह फौरन भंगड़ा डालने लगे।
ही...ही...ही... ! हा... हा... हा... ! टुण्ड न तो मुझे देख रहा है और न सुन रहा है।
मगर मैं रपटा कैसे ?

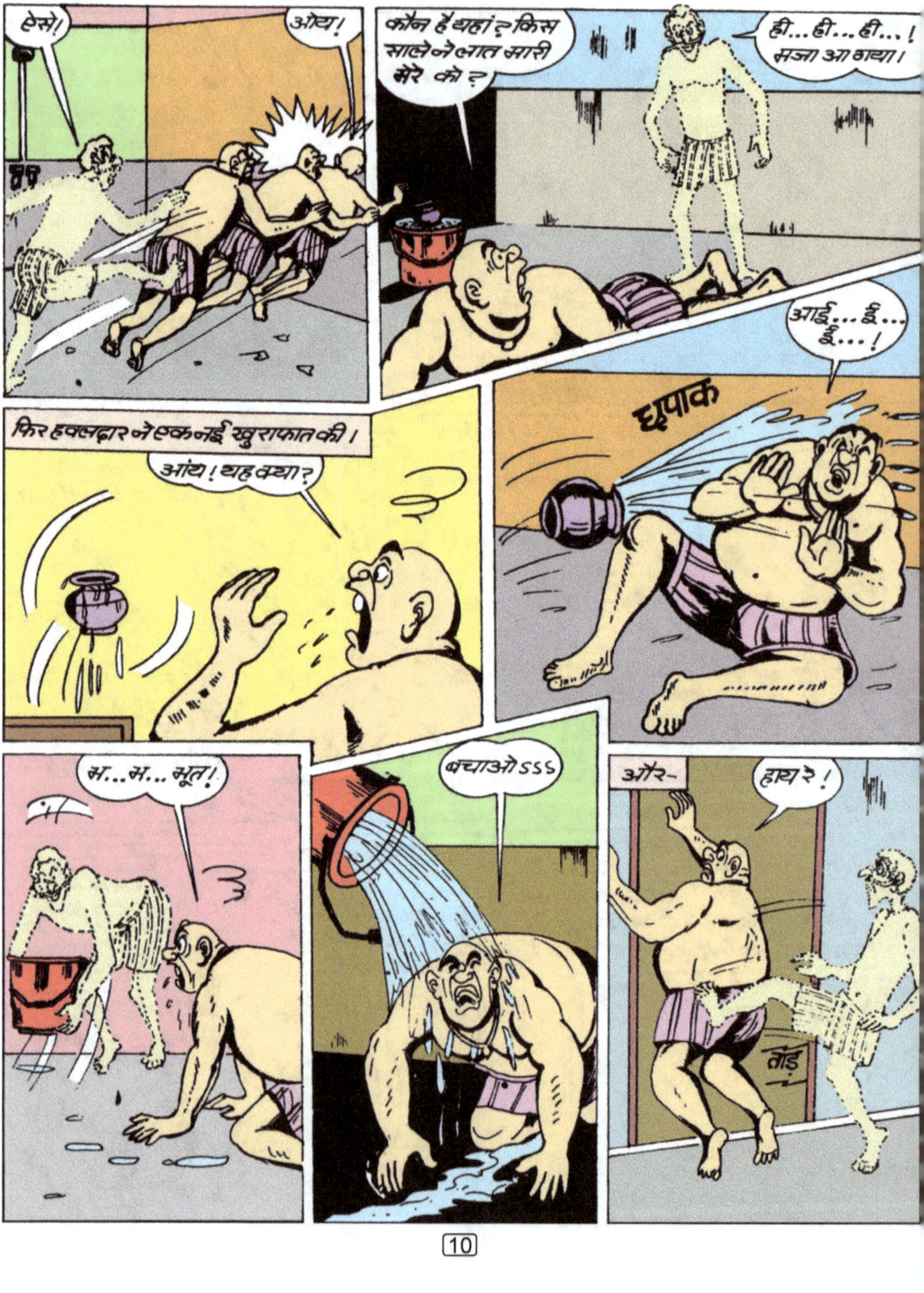
ऐसे!
ओय!
कौन है यहां? किस साले ने लात मारी मेरे को?
ही...ही...ही...! मजा आ गया।
फिर हवलदार ने एक नई खुराफात की।
आंय! यह क्या?
आई...ई...ई...!
छपाक
म...म...भूत!
बचाओ SSS
और-
हाय रे!
तोड़

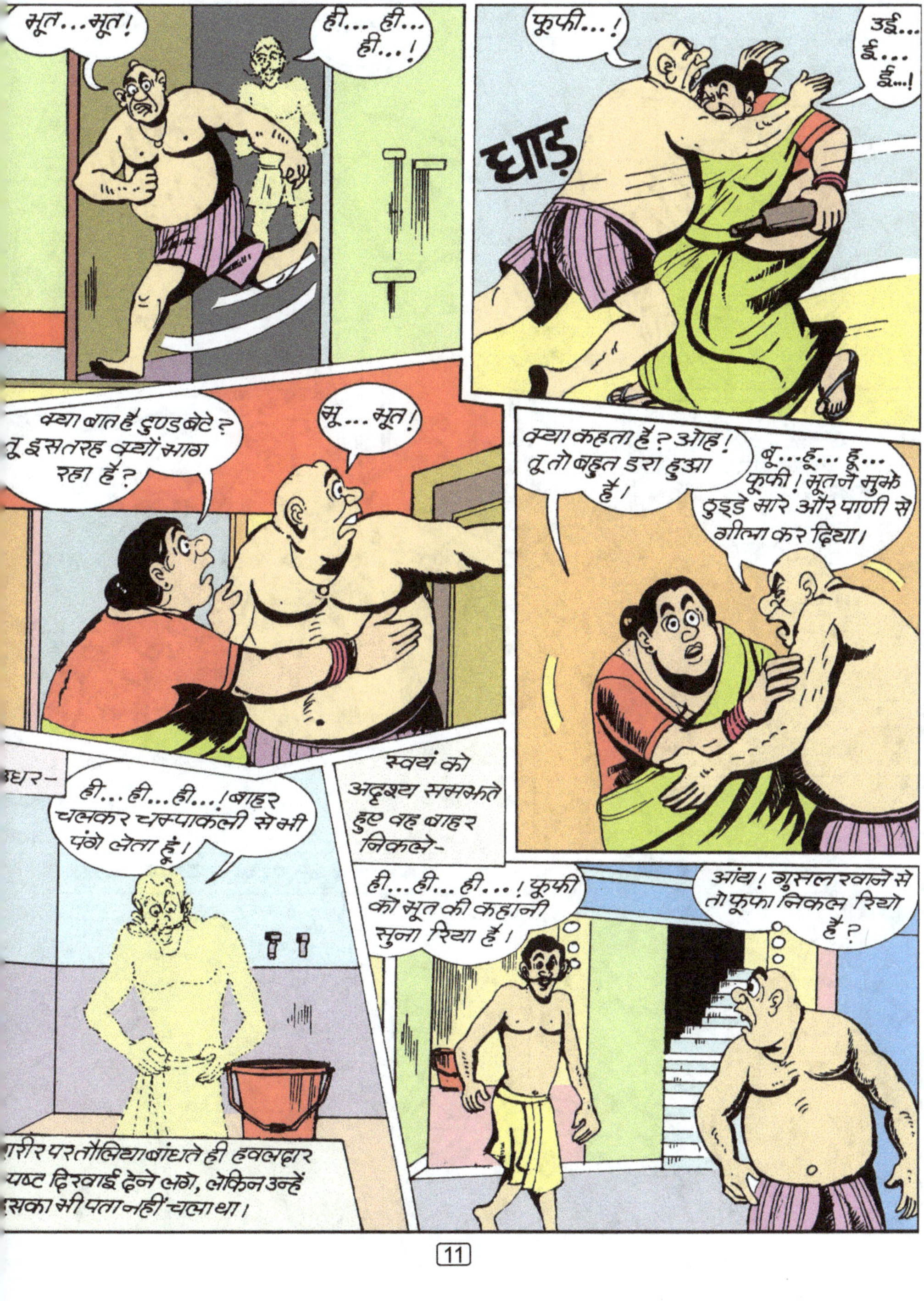
भूत...भूत!
ही... ही... ही...!
फूफी...!
उई... ई... ई...!
धाड़
क्या बात है दुण्ड बेटे? तू इस तरह क्यों भाग रहा है?
भू... भूत!
क्या कहता है? ओह! तू तो बहुत डरा हुआ है।
बू...हू... हू... फूफी! भूत ने मुझे ठुइडे मारे और पाणी से गीला कर दिया।
उधर-
ही...ही...ही...! बाहर चलकर चम्पाकली से भी पंगे लेता हूं।
स्वयं को अदृश्य समझते हुए वह बाहर निकले-
ही...ही...ही...! फूफी को भूत की कहानी सुना रिया है।
आंय! गुसलखाने से तो फूफा निकल रियो है?
शरीर पर तौलिया बांधते ही हवलदार स्पष्ट दिखाई देने लगे, लेकिन उन्हें इसका भी पता नहीं चला था।

गुर्र... गुर्र... अब समझी! यही गुसलखाने में छुपकर दुण्ड को डरा रहे थे।
तभी–
चूं...चूं...चूं
गुर्र...गुर्र...!
ही... ही... ही...! मैं जानता हूं, तू मुझे देख नहीं पा रही। आज मैं अपने सारे बदले ले लूंगा।
पागल हो गए हैं शायद।
फूफी, यो मैं क्या देख रिया हूं?
गुर्र... गुर्र...!
ही... ही... ही...!
बस, बहुत हो चुका। अभी बताती हूं!
टनाक
और चम्पाकली ने हवलदार की गर्दन दबोच ली।
गुर्र... गुर्र...!
ओय!
ही... ही... ही...!

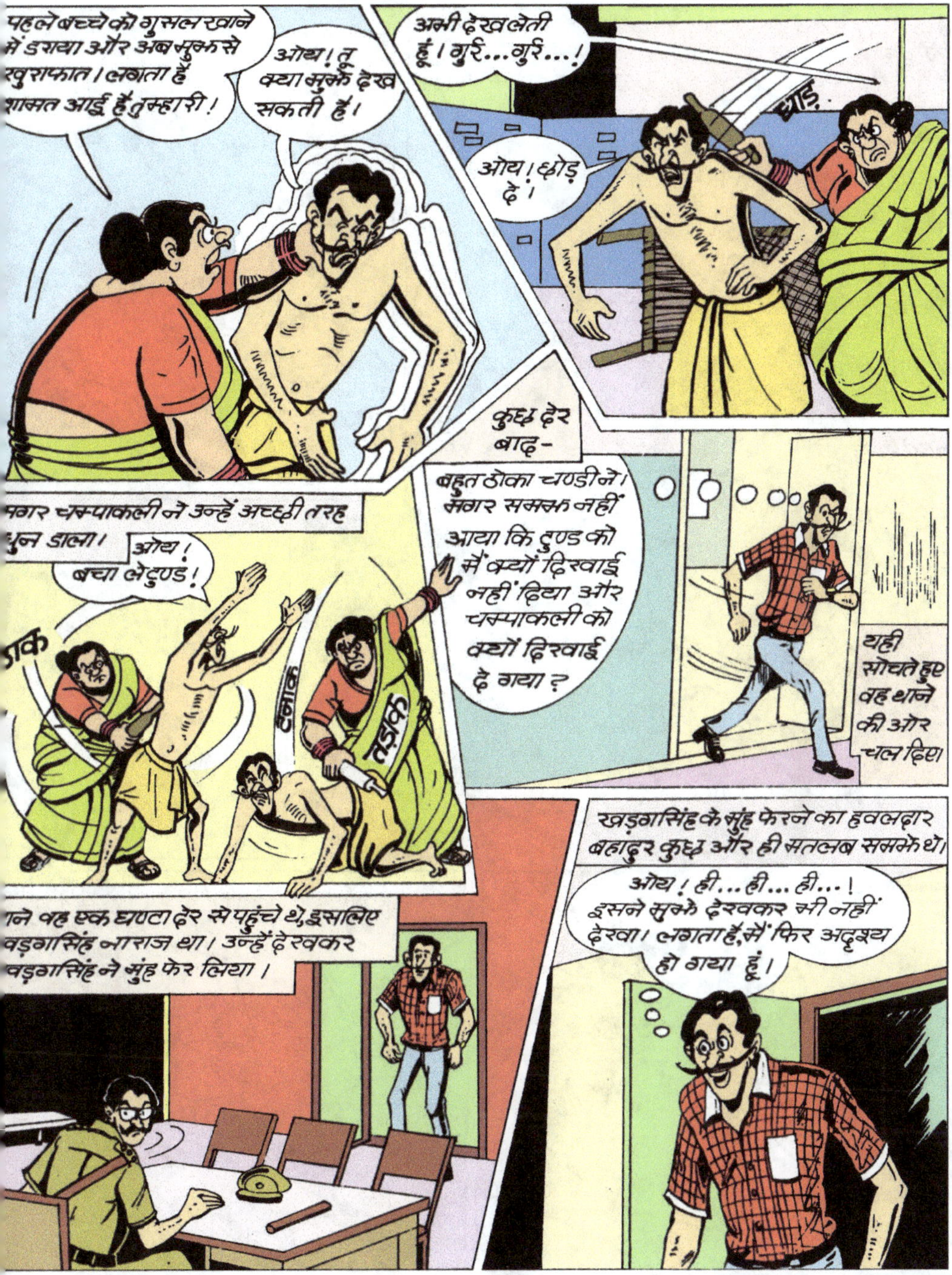
पहले बच्चे को गुसलखाने में डराया और अब मुझसे खुराफात। लगता है शामत आई है तुम्हारी!
ओय! तू क्या मुझे देख सकती है।
अभी देख लेती हूं। गुर्र...गुर्र...!
ओय! छोड़ दे।
धाड़
मगर चम्पाकली ने उन्हें अच्छी तरह धुन डाला।
ओय! बचा लेटुण्ड!
धाक
चटाक
तड़ाक
कुछ देर बाद-
बहुत ठोका चण्डी ने। मगर समझ नहीं आया कि टुण्ड को मैं क्यों दिखाई नहीं दिया और चम्पाकली को क्यों दिखाई दे गया?
यही सोचते हुए वह थाने की ओर चल दिए।
क्योंकि वह एक घण्टा देर से पहुंचे थे, इसलिए खड़गसिंह नाराज था। उन्हें देखकर खड़गसिंह ने मुंह फेर लिया।
खड़गसिंह के मुंह फेरने का हवलदार बहादुर कुछ और ही मतलब समझे थे।
ओय! ही...ही...ही...! इसने मुझे देखकर भी नहीं देखा। लगता है, मैं फिर अदृश्य हो गया हूं।

हे... हे...! इससे पंगे लेने में तो बहुत ही मजा आएगा।
अब यह मेरी खुशामद करेगा। मगर मैं इसे माफ नहीं करूंगा।
ही... ही... ही...! बहुत हैरान हो रहा है साला!
चुट... चुट...
गुर्र... गुर्र... क्या यह नशा करके आया है?
टोपी पहन लो जी। ही... ही... ही...!
इतनी बड़ी बदतमीजी! गुर्र... गुर्र...
आंय! यह तो डरा ही नहीं। कुछ और करता हूं।
ओय!
ही... ही... ही...!
यह क्या था?
उंगली थी बेटा। हा... हा... हा...!
और यह घूंसा है।
ढिशुम
उई... ई... ई...!

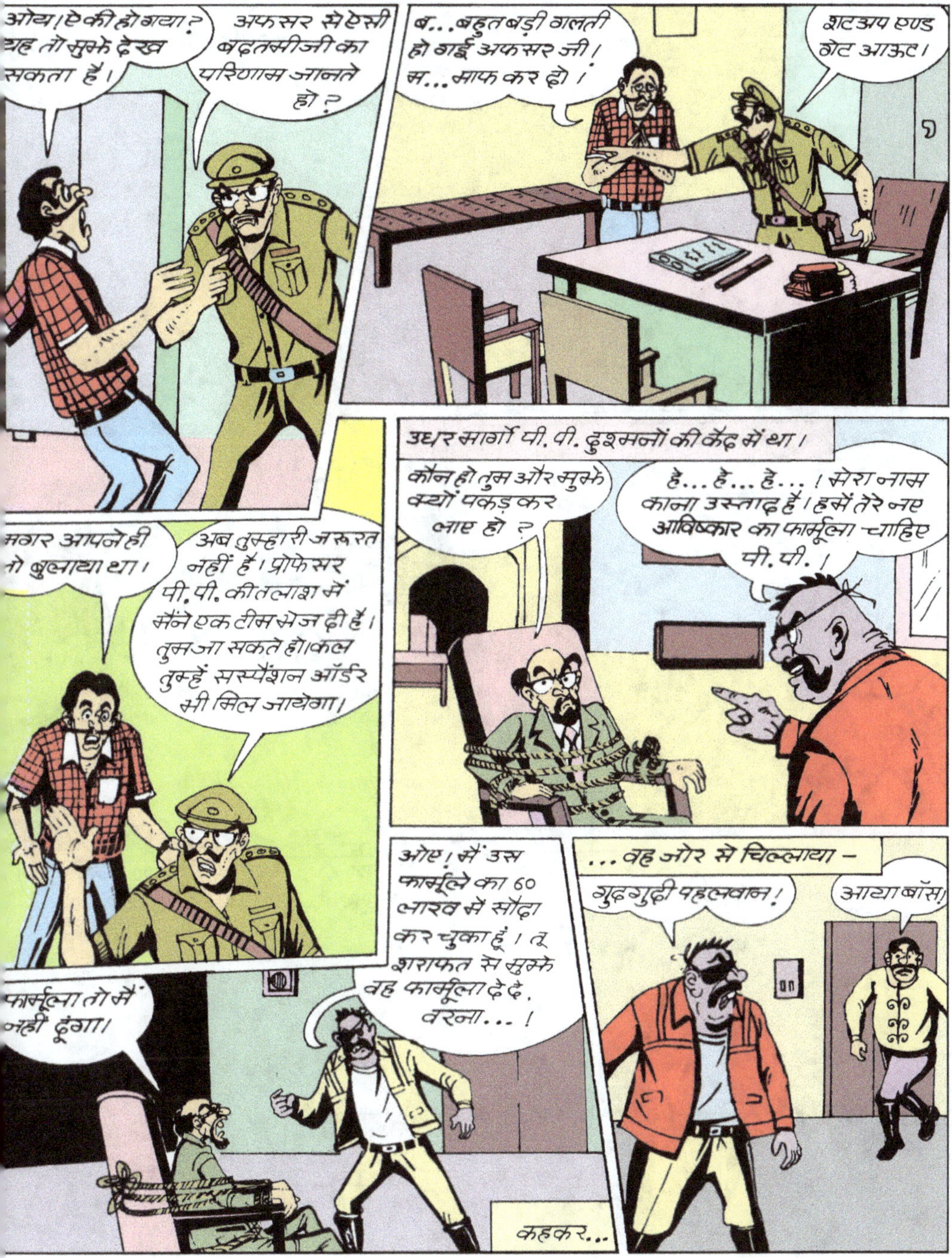
ओय! ऐ की हो गया? यह तो मुझे देख सकता है।
अफसर से ऐसी बदतमीजी का परिणाम जानते हो?
ब... बहुत बड़ी गलती हो गई अफसर जी! म... माफ कर दो!
शट अप एण्ड गेट आऊट।
मगर आपने ही तो बुलाया था।
अब तुम्हारी जरूरत नहीं है। प्रोफेसर पी.पी. की तलाश में मैंने एक टीम भेज दी है। तुम जा सकते हो। कल तुम्हें सस्पैंशन ऑर्डर भी मिल जायेगा।
उधर मार्गो पी.पी. दुश्मनों की कैद में था।
कौन हो तुम और मुझे क्यों पकड़ कर लाए हो?
हे... हे... हे...! मेरा नाम काना उस्ताद है। हमें तेरे नए आविष्कार का फार्मूला चाहिए पी.पी.।
ओए! मैं उस फार्मूले का 60 लाख में सौदा कर चुका हूं। तू शराफत से मुझे वह फार्मूला दे दे, वरना...!
फार्मूला तो मैं नहीं दूंगा।
कहकर...
...वह जोर से चिल्लाया -
गुदगुदी पहलवान!
आया बॉस!

क्या आदेश है बास ? करूं साले के गुदगुदी
अभी नहीं ! पहले मैं इससे अपने सभी साथियों का परिचय करा दूं।
हां तो प्रोफेसर ! यह है गुदगुदी पहलवान, सिर्फ दो उंगलियों से गुदगुदाकर ही आदमी की जान निकाल देता है।
बॉस, सिर्फ आदमी की नहीं मैं तो घोड़े की भी जान निकाल लेता हूं।
फिर बॉस ने दुल्लती झाड़ को बुलाया -
प्रोफेसर पी.पी. को अपनी दुल्लती का नमूना दिखवाओ।
ओ.के बॉस !
अगले पल -
ठाक
धड़ाम
ओय ! बड़े खतरनाक बंदे हैं। अब की होगा ?
घुटना तोड़ को भी बुलाओ।
मैं आ गया जी। किसके घुटने तोड़ूं ?
ओय ! मेरे मत तोड़ियो।
इस समय वे सभी अनोखी वेशभूषा में थे।

ो फार्मूला दे दे, वरना
े तीनों अपने- अपने
ाम पर लग जाएंगे।
ही... ही... ही...! मैं तो गुदगुदाने के लिए बेचैन हूं।
और मैं घुटने तोड़ने को।
तभी बॉस के दो इन्फारमर भीतर प्रविष्ट हुए।
बॉस! पुलिस प्रोफेसर को खोजती हुई इस क्षेत्र में पहुंच चुकी है।
ोह! यह तो बहुत बुरा
आ! प्रो. पी. पी. को
रन्त यहां से हटाना
होगा।
घबराओ नहीं बॉस! मैं पुलिस वालों की ऐसी गुदगुदी करूंगा कि सारे बावले हो जायेंगे।
और मैं उनके घुटने तोड़ डालूंगा।
मैं सालों को दुल्लतियां झाड़-झाड़ कर उल्लू बना दूंगा।
ओय नहीं! अभी पुलिस से मुकाबला करने का समय नहीं आया है। फिलहाल प्रो० पी. पी. को ही यहां से अपने दूसरे अड्डे पर भेज देते हैं।
फिर बॉस ने अपने नए आने वाले साथियों को प्रोफेसर पी.पी. को वहां से ले जाने का आदेश दे दिया।
उधर हवलदार बहादुर अपने विचारों में खोए सड़क पर चले जा रहे थे कि–
धाड़
ओए!

ही... ही... ही... माफ करना जी! मेरे कुत्ते फेल हो गये थे।
हवालात में सड़ा दूंगा साले। दांत बंद कर।
ठ... ठीक है जी! मुझे यह बता दीजिए कि इस गली का दूसरा सिरा कहां है?
दूसरा सिरा!
जी हां!
अबे दूसरा सिरा तो उधर ही है, जिधर से तू आया है।
आंय! मगर उस सिरे पर मैंने एक आदमी से पूछा तो उसने दूसरा सिरा इधर बताया था।
अबे तू बावला है क्या?
आप ठीक कह रहे हैं। मेरा बेटा पागल है। माफ कर दीजिए।
चल बे!
पागल है तो इसे घर में बंद करके रखो, वरना दोनों को हवालात में सड़ा दूंगा।
ठ... ठीक है जी...!
कुछ देर बाद-
DRY CLEA
WINES
सुना है इस मार्किट में खाने का एक बढ़िया होटल खुला है।
SHOP
यही है। आज बढ़िया खाना खाऊंगा।
निराला होटल

ल्लाम...!
ठीक है... ठीक है।
आंय होटल कहां है?
आइए! आइए! ही... ही... ही...!
बे आ तो गए हैं, गर यहां खाना नहीं मिलता क्या?
मिलता है हुजूर! आप वैजीटेरियन लंच लेंगे या नॉन वैज...!
अबे वैजीटेरियन तो हम रोज ही खाते हैं। आज तो मुर्गा-ए-तंदूरी खाएंगे। ही... ही... ही...!
हे... हे... हे...!
ो इस तरफ ाइए सर...!
ठीक है।
भीतर-
आंय?
हे... हे... हे... वैलकम सर! लंच आप बफे में लेंगे या पर्सनल टेबल पर?
यह होटल तो सचमुच निराला है। कदम-कदम पर ग्राहक की इच्छा पूछी जाती है।

ओय! हम सामूहिक भोज पसंद नहीं करते। पर्सनल टेबल पर बैठेंगे।
ओ. के सर!
प्लीज... इस तरफ जाइए!
ठीक है।
भीतर–
आंय... यहां भी...!
आइए... आइए... होटल निराला में आपका स्वागत है।
ठीक है यार! मगर खाना कहां मिलता है?
हे... हे... हे... आप नकद खाना चाहते हैं या उधार खाएंगे?
आहा! यहां उधार भी मिलता है।
ही... ही... ही... तो उधार ही खा लेंगे यार। जब मिल ही रहा है तो क्यों छोड़ें?
ओ. के सर...!
इस तरफ जाइए!
ही... ही... ही
धाड़
ओय...!

चले आते हैं साले उधार खाने के लिए। दोबारा अंदर आया तो टांगें तोड़ दूंगा। गुर्र...गुर्र!
धड़ाम
उल्लू का पट्ठा! गुर्र... गुर्र...!
सचमुच निराला होटल है। खाने को कुछ मिला नहीं और कमर अलग से टूट गई...!
जैसे ही वह सड़क पर पहुंचे—
बचाओऽऽऽ
लगता है कार में किसी का अपहरण किया गया है।
ओय, रूक जाओ। हवालात में सड़ा दूंगा सालों...!
तभी—
धाड़
आई...ई...ई...!
जूंऽऽऽऽ

इधर–
जल्दी चल बेटे! बारात का समय हो रहा है।
तभी–
घाड़
आंय! यह क्या बला आ पड़ी?
अबे ओय...!
और अगले पल घोड़ा सरपट दौड़ लिया।
हिन...हिन...
आई...ई...ई...!
घोड़े वाला चिल्लाया–
ओए, मेरा घोड़ा।
और कुछ ही पल में वह संदिग्ध कार के निकट पहुंच गया।
बचाओ SSS

अचानक घोड़े को ठोकर लगी-
ओय...!
आह!
धड़ाम
कार चालक घबरा गया और-
धाड़
तुरंत ही-
भागो!
बचाओऽऽऽ
कौन है अंदर?
म... मैं हूं।

ओह! बदमाश तुम्हारा अपहरण करके ले जा रहे थे?
हां! मेरा नाम प्रोफेसर मार्गो पी.पी. है...!
मार्गो पी.पी. यानी महान वैज्ञानिक!
हां, मैं वही हूं। लेकिन तुम कौन हो? बड़ी बहादुरी से मेरी रक्षा की है तुमने।
ही... ही... ही... मेरी बहादुरी की प्रशंसा कर रिया है। अगर चक्कर लगने से मैं घोड़े पर न चढ़ता तो इस पी.पी. तक पहुंचना मुश्किल था।
ही... ही... ही...!
हंस क्यों रहे हो? अपना नाम बताओ।
मैं हवलदार बहादुर हूं जी! गुण्डे और बदमाश मेरा नाम सुनकर ही अपना पायजामा गीला कर देते हैं। ही... ही... ही...!
ही... ही... ही... वह तो मैं हूं, लेकिन पी.पी. जी, वे कौन लोग थे, जो आपको बांध कर ले जा रहे थे?
ओह! तो तुम ही वह मशहूर हवलदार हो। बहुत नाम सुना था। तुम तो बड़े काम के आदमी हो यार!
उन बदमाशों ने मेरे एक आविष्कार पर कब्जा करने के लिए मेरा अपहरण किया था। वे अभी भी मेरी घात में होंगे इसलिए यहां रुकना ठीक नहीं है। मैं तुम्हें अपना कार्ड देता हूं। कोठी पर आकर मुझसे मिलना। मैं तुमसे एक काम लेना चाहता हूं।
अपना कार्ड देकर प्रोफेसर चला गया।

देर बाद-
यही हैं प्रोफेसर पी. पी. काघर।
हे...हे...हे...! पी.पी. मुझसे कोई महान काम लेना चाहता है।
मी-
भौं...भौं
अरे बाप रे!
बचाओ ऽऽऽ
भौं...भौं...
आई...ई...ई...!
ओय...!
चर्र चर्र

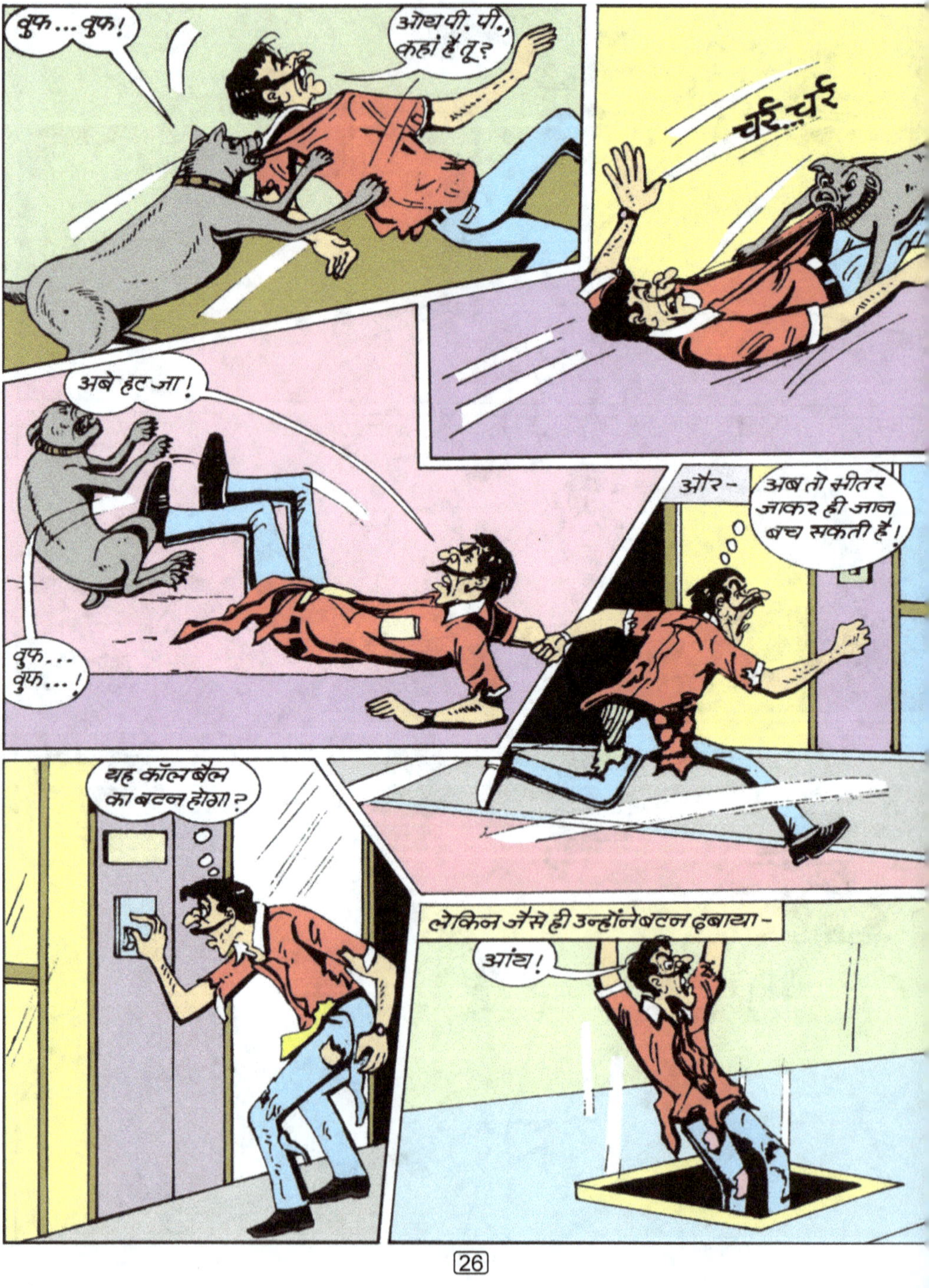
वुफ...वुफ!
ओय पी. पी., कहां है तू?
चर्र...चर्र
अबे हट जा!
वुफ... वुफ...!
और -
अब तो भीतर जाकर ही जान बच सकती है!
यह कॉलबैल का बटन होगा?
लेकिन जैसे ही उन्होंने बटन दबाया -
आंय!

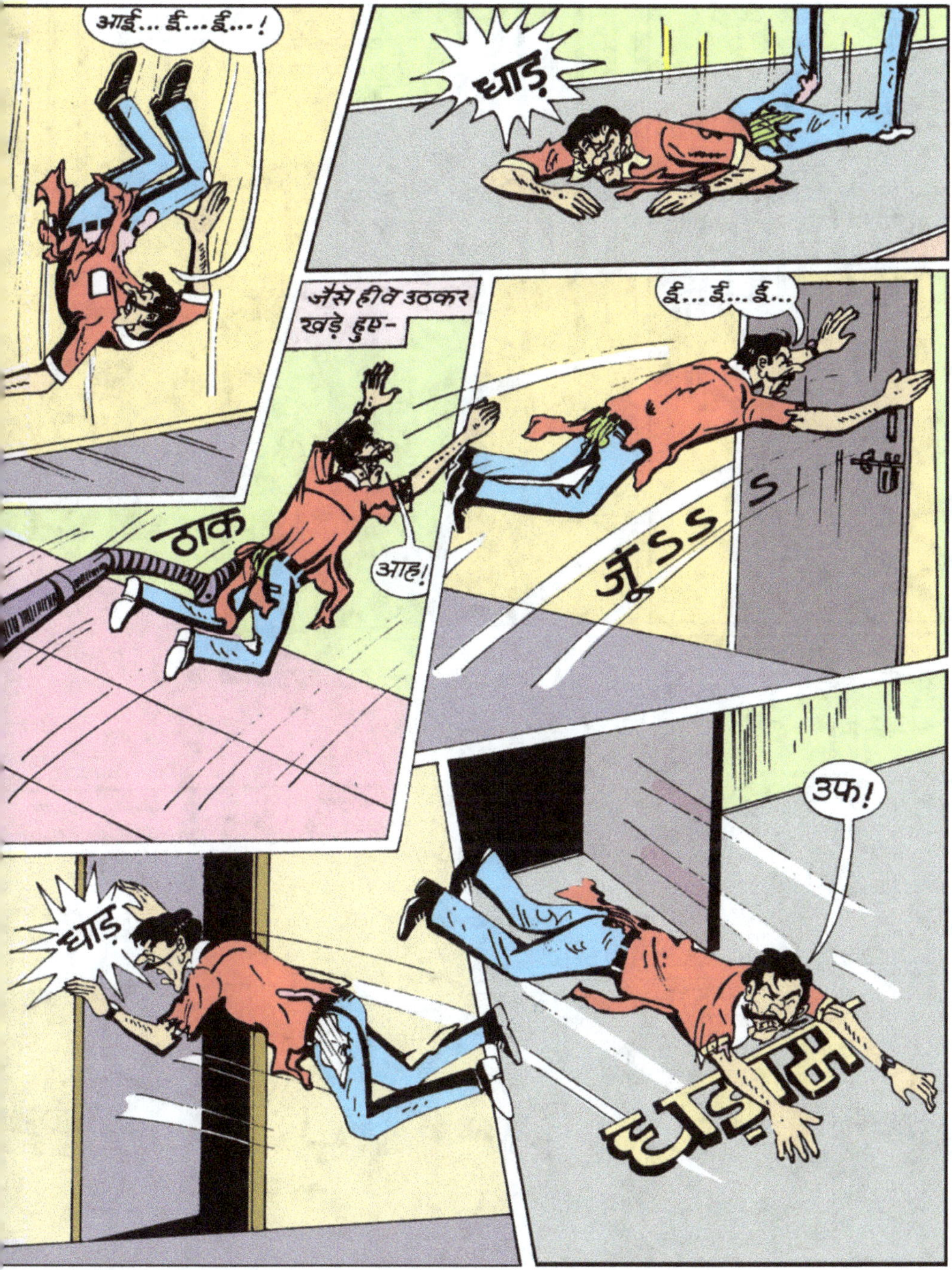
आई... ई... ई...!
धाड़
जैसे ही वे उठकर खड़े हुए-
ठाक
आह!
ई... ई... ई...
जूंऽऽऽ
धाड़
उफ!
धड़ाम

ओय! यह क्या है?
खट
उफ! यह पी.पी. का घर है या भूत बंगला। कहां फंस गया मैं?
तभी-
फंस गया शिकार।
ओय पी.पी.! यह क्या तमाशा है? हवालात में सड़ा दूंगा साले।
आंय... यह तो हवलदार बहादुर है।
आइए, आइए...! ही... ही... ही...!
यह सब क्या था प्रोफेसर पी.पी.?
ही...ही...ही... हवलदार बहादुर! माफ करना यार! मैं समझा था कोई दुश्मन है।
पहले मुझे बाहर निकालो। गुर्र... गुर्र...

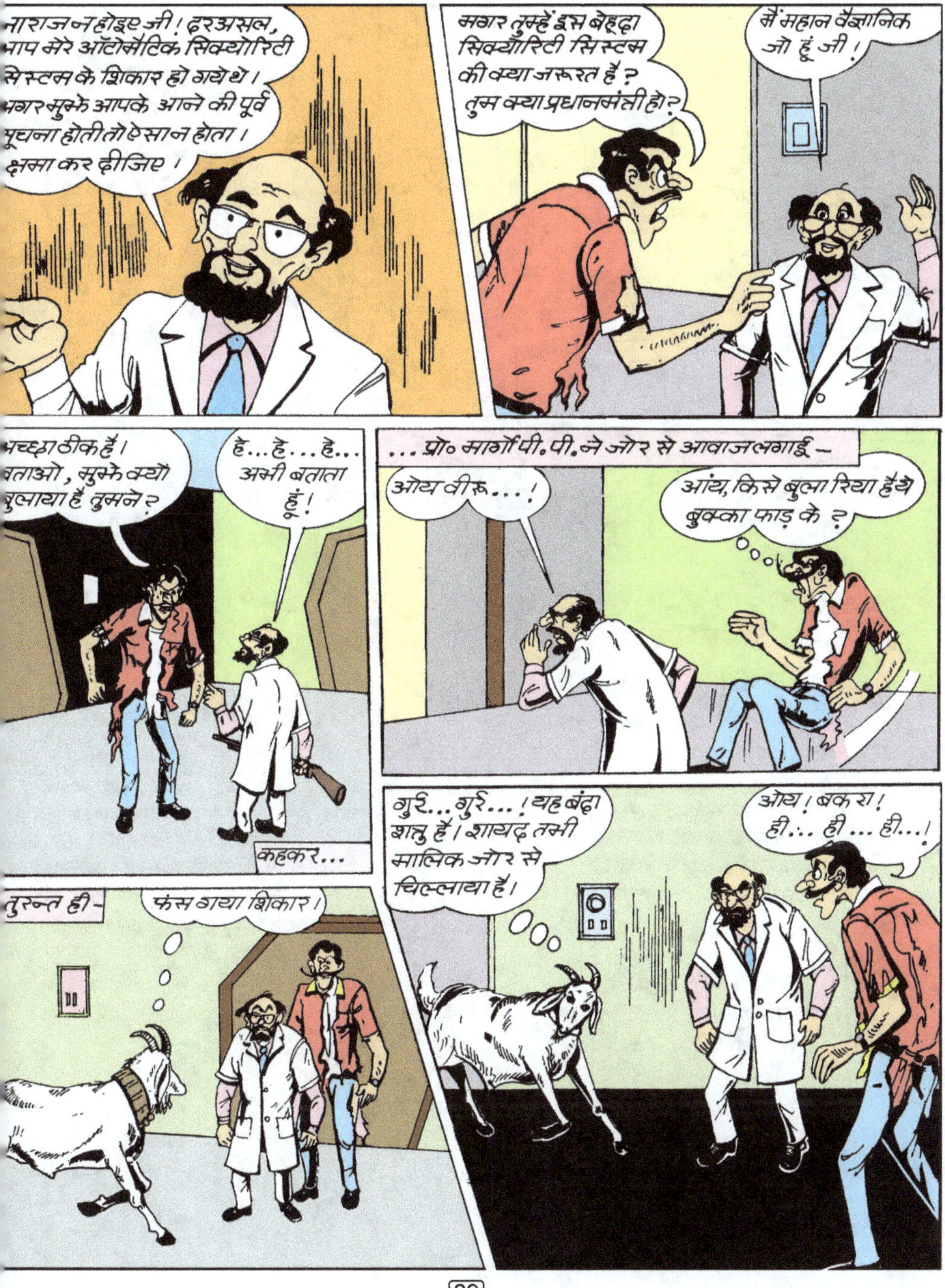
नाराज न होइए जी! दरअसल, आप मेरे ऑटोमैटिक सिक्योरिटी सिस्टम के शिकार हो गये थे। अगर मुझे आपके आने की पूर्व सूचना होती तो ऐसा न होता। क्षमा कर दीजिए।
मगर तुम्हें इस बेहूदा सिक्योरिटी सिस्टम की क्या जरूरत है? तुम क्या प्रधानमंत्री हो?
मैं महान वैज्ञानिक जो हूं जी!
अच्छा ठीक है। बताओ, मुझे क्यों बुलाया है तुमने?
हे... हे... हे... अभी बताता हूं!
कहकर...
...प्रो० मार्गो पी.पी. ने जोर से आवाज लगाई–
ओय वीरू...!
आंय, किसे बुला रिया है ये बुक्का फाड़ के?
तुरन्त ही–
फंस गया शिकार।
गुर्र... गुर्र...! यह बंदा शत्रु है। शायद तभी मालिक जोर से चिल्लाया है।
ओय! बकरा! ही... ही... ही...!

अगले पल-
गुर्र... गुर्र..!
ओय!
और-
धाड़
हाय!
वीरू...रुक जा...!
आह! उफ!
अबे, मैं हवालात में सड़ा दूंगा इस बकरे को। क्यों मारा इसने?
हे... हे...
हे... इसे गलत-फहमी हो गई हवलदार जी। वरना तो यह बड़ा शरीफ बकरा है।
फिर-
ओय वीरू...यह हवलदार जी अपने खास आदमी हैं। आगे से इनके साथ शरारत मत कीजियो। अब तुझे कुछ दिन इनके घर में ही रहना होगा।
मेरे घर में?
ओय पी. पी.! मेरे घर को क्या तूने चिड़ियाघर समझा है। गुर्र...गुर्र!
नहीं जी! बात दरअसल यह है कि वीरू के पीछे बदमाश पड़े हैं। उन्होंने ही मेरा अपहरण भी किय था। मैं अपने वीरू की सुरक्षा की जिम्मेदारी आपको सौंपना चाहता हूं, क्योंकि आप बहुत चालाक और बहादुर पुलिसवाले हैं।

पनी बहादुरी की प्रशंसा सुनकर हवलदार फूलकर कुप्पा
गए और बकरे को साथ लेकर चल दिये।
ोय... ल!
ही... ही... ही... मैंने अपने फार्मूले के कागज बकरे के गले में बंधे पट्टे में छुपा दिए हैं। और यह बात मेरे सिवाय कोई नहीं जानता।
चारे हवलदार पर
रस खाकर प्रो० पी.पी. ने उन्हें एक नई शर्ट दे दी थी।
तभी-
ओह! पुलिस!
चर्र...चर्र
ापको मेरे साथ थाने लना होगा प्रो० पी. पी.। ापका अपहरण हुआ ा और...!
मगर अब तो मैं आजाद हो चुका हूं। आपके ही हवलदार बहादुर ने मुझे बदमाशों से छुड़ाया है।
वलदार बहादुर े छुड़ाया है? ेकिन वह ो...!
वह बड़ा बहादुर बंदा है जी! बदमाश उसे देखकर दुम दबाकर भाग निकले थे।
तभी-
बॉस! प्रोफेसर को पुलिस वाले जीप में ले जा रहे हैं।
च्छा ठीक है। आप रे साथ थाने चलकर पना बयान लिखवाइए।
ठीक है, चलिए।

पीछा करो! प्रोफेसर का अपहरण करना ही होगा।
ठीक है बॉस! आज पुलिसियों के घुटने तोड़ने का दिन आ गया है।
फिर एक सुनसान सड़क पर -
ओय!
चर्र...चर्र
ही...ही... ही...!
हे... हे... हे...!
उफ! इंस्पेक्टर साहब! इन्हीं बदमाशों ने मेरा अपहरण किया था।
अच्छा!
और फिर-
पुलिस वाले और बदमाश आमने-सामने डट गए।
तुम लोग खुद को पुलिस के हवाले कर दो।
ओय चुप! तू प्रो० पी.पी. को हमारे हवाले कर दे।
तड़ाक
ओय...!

हमला!
सबसे पहला वार घुटना तोड़ ने किया -
ठाक
उई... ई...
ई...!
दुल्लती झाड़ ने छलांग लगाई -
ईया sss
देख मेरी दुल्लती
का कमाल!
धाँड़
आह!
और गुदगुदी पहलवान ने
तुरन्त खड़गसिंह पर सवारी
गांठ ली -
धड़ाम
ओय!
हे...हे...हे...!
गुदगुदी
करएगा।

ओय! ही...ही...ही... हा... हा... हा...! हो... हो... हो...!
नाच पुलिसिए नाच कि दुनिया देखे।
इस बीच घुटना तोड़ दोनों सिपाहियों के घुटने तोड़ चुका था।
ठाक
हाय मरा!
हाय मेरा घुटना।
और बेचारा खड़गसिंह बेहाल हो चुका था।
ही... ही...ही...! हा... हा... हा...!
हाय! क्या स्लो मोशन में हंस रहा है!
दुल्लती झाड़ जीप में से प्रोफेसर को खींच लाया-
बॉस, कहो तो दुल्लती झाड़ कर इसका पेट फाड़ डालूं?
ओय नहीं!
इसे गाड़ी में बिठाओ। अड्डे पर ले जाकर चम्पी करेंगे साले की।
खड़गसिंह एण्ड पार्टी का 'अण्टा गफील' करने के बाद वे लोग प्रो० को गाड़ी में डालकर ले गए।
उधर-
ओय फूफा... यह क्या है?
अबे अंधा है क्या? इतना बड़ा बकरा नजर नहीं आता?

हे... हे... हे... मगर इस बकरे का क्या करोगे फूफा ?
बाद में बताऊंगा। तू इसे घर ले जाकर बांध दे। मैं जरा दर्जी के यहां से अपने कपड़े लेकर आता हूं।
बकरा दुण्ड को सौंपकर हवलदार दर्जी की दुकान पर पहुंचे।
ओय मास्टर ! मेरा सूट सिल गया क्या ?
TRY ROOM
सिल गया जी ! आप पहन कर देख लें। ट्राई रूम उधर है।
ठीक है।
ट्राई रूम में पहुंचकर हवलदार बहादुर ने कपड़े उतारने शुरू किए।
ही... ही... ही...! सूट पहनकर बड़ा धांसू लगूंगा।
और जैसे ही उन्होंने पैंट उतारी—
पुक
सारे कपड़े उतारते ही वह अदृश्य हो गये थे।
ओय ! मैं कहां गया ? आईने में भी नहीं हूं।

ओय मास्टर!
आंय! की होया बंदे नूं?
टेलर मास्टर लपककर ट्राई रूम के दरवाजे पर पहुंचा-
ठक... ठक
TRY ROOM
की होया हवलदार जी? पेंट में सुई थी क्या?
हवलदार अब समझ चुके थे कि कपड़े उतारने पर वह अदृश्य हो जाते हैं। अत: मास्टर से पंगा लेने के इरादे से उन्होंने भीतर से दरवाजा खोल दिया-
ही...ही...ही! मास्टर के कुत्ते फेल हो जाएंगे मुझे गायब देखकर।
आंय! कित्थे गया बंदा?
उई...ई... ई...!
ही...ही... ही...!
और अगले पल तो जैसे मास्टर की घिग्घी बंध गई थी।
ओय, उई...ई...ई...!

ओय हवलदार जी! तुम्हारी पैंट... तुम कहां हो?
सड़ाक
ओय भूत...भूत...!
और बेचारा मास्टर पलल्कर बाहर भागा।
बचाओऽऽऽ
ही... ही... ही...!
तभी रंगा नामक व्यक्ति दुकान में प्रविष्ट हुआ। यह व्यक्ति इलाके का माना हुआ बदमाश था।
ओय मास्टर! क्या हुआ तुझे?
जब भी हफ्ता लेने आता हूं, तू कोई न कोई नया नाटक करता है। पैसे निकाल जल्दी।
TRY ROOM
ग... गर्दन तो छोड़ दो।
र... र... रंगा जी... ट्राई रूम में भूत है!
ओय चुप भूतनी के!

हवलदार बहादुर भी बाहर निकल आये थे।
ओह! यह बदमाश बेचारे मास्टर से हफ्ता वसूल करता है। अभी बताता हूं साले को।
निकट पहुंचकर उन्होंने काउण्टर पर से सुई उठाई और–
आई...ई...ई!
ओय! तूने मुझे मारा मास्टर। मैं तुझे जान से मार दूंगा। ईयाऽऽ
फिर हवलदार तुरन्त मास्टर के पीछे पहुंचे और उसका हाथ पकड़कर।
तड़ाक
ओय!
उफ!
तभी–
गड़ब
ओऊ, ऽऽ
यह सब क्या हो रहा है?

तभी हवलदार को एक और खुराफात सूझी और उन्होंने रंगा की पैंट की जिप खोल दी-
ई... ई... ई...!
पुड़क
रंगा जोर से चिल्लाया तो पेपरवेट उसके मुंह से गोली की तरह बाहर निकला और
आई... ई... ई!
ठाक
यहां तो सचमुच भूत है। भागले रंगा।
मैं भी आ रिया हूं।
रंगा पैंट वहीं छोड़कर भाग निकला।
फिर सड़क पर लोगों ने एक अजीब दृश्य देखा।
ओय रंगा! ठहर तो।
ओय! कमाल हो गया।
मास्टर रंगा को दौड़ाए हुए हैं।
रंगा तो दादा है।
मगर आज तो पैंट उतरी हुई है साले की।
उधर-
हे... हे... हे... काफी हंगामा हो गया। अब मैं चुपके से निकल लेता हूं। सूट कल आकर ले जाऊंगा।
और हवलदार बहादुर वहां से चुपचाप निकल आए।

इधर टुण्ड बकरे को लेकर घर पहुंचा-
ओय आजा! यही है म्हारे फूफा का घर।
अबे चल अन्दर।
गुर्र... गुर्र...
ठाक
ओय!
बकरे को मार खाने की आदत नहीं थी। अत: उसने जवाबी हमला कर दिया।
साले, आदमी के बच्चो। गुर्र... गुर्र!
धाड़
चम्पाकली उस समय आंगन में बैठी सब्जी काट रही थी।
फूफी sss
उई... ई... ई...
बकरा टुण्ड के पीछे भीतर आया और -
ओह! हरी सब्जी! यम... यम!
वाह! चाहे कोई मुझे जंगली कहे।

चारपाई के निकट पहुंचकर बकरे ने पहले वहां से टुण्ड को हटाया।
उई... ई... ई...!
धाड़
फिर चम्पाकली को एक टक्कर मारी।
धाड़
आई... ई... ई...!
और सब्जी पर टूट पड़ा।
चपर...चपर!
यम-यम! मजा आ रहा है।
यह मुआ बकरा कहां से आ मरा? आह!
इसे मैं लाया हूं फूफी!
चम्पाकली का पारा हाई हो चुका था।
फू... फी...sss
ढिशुम
क्यों लाया इसे? गुर्र... गुर्र...!
ही... ही... ही...! हवलदार का पूरा परिवार ही साला बावला है।

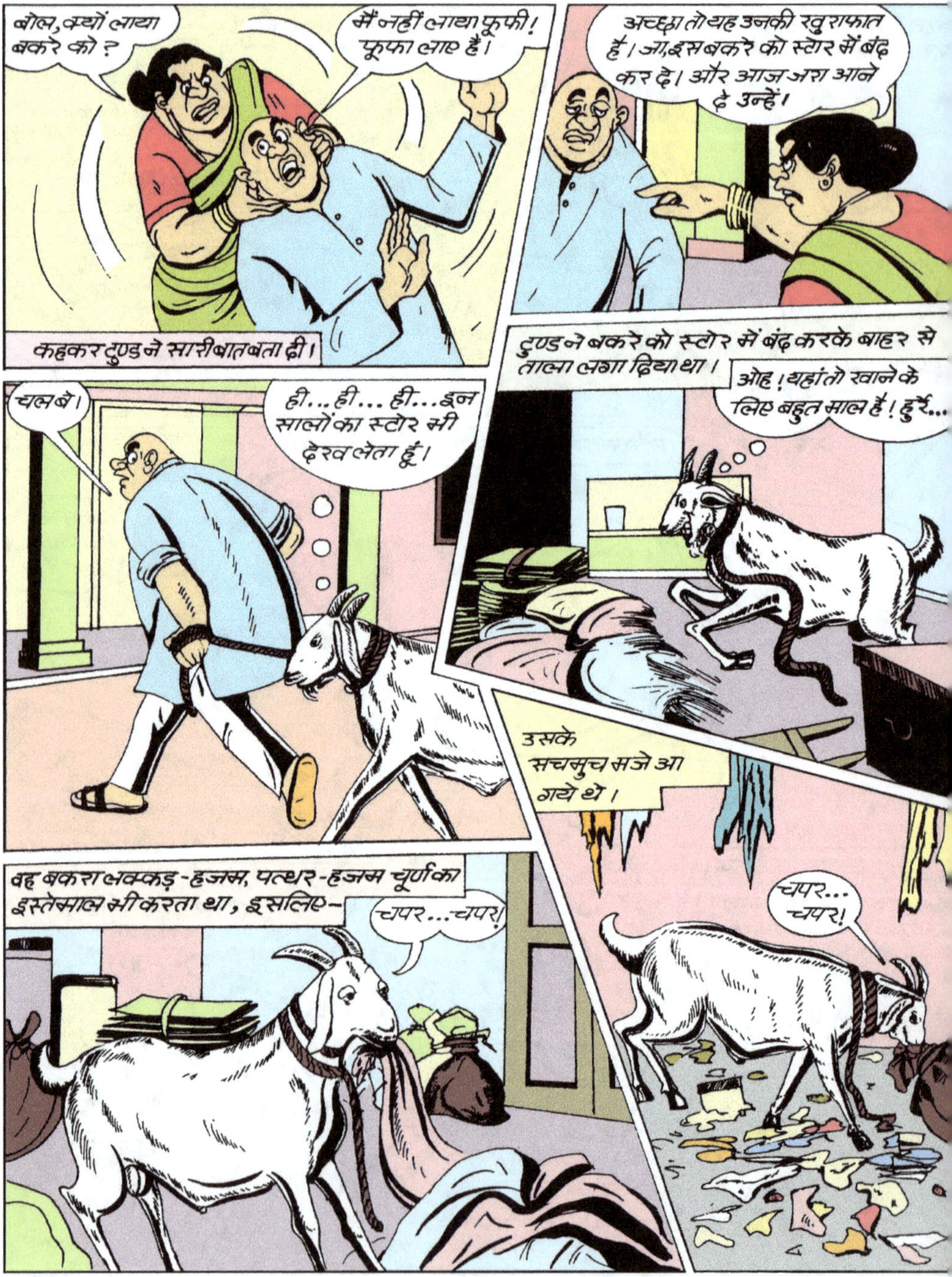
बोल, क्यों लाया बकरे को ?
मैं नहीं लाया फूफी! फूफा लाए हैं।
कहकर टुण्ड ने सारी बात बता दी।
अच्छा तो यह उनकी खुराफात है। जा, इस बकरे को स्टोर में बंद कर दे। और आज ज़रा आने दे उन्हें।
चल बे।
ही...ही...ही...इन सालों का स्टोर भी देख लेता हूं।
टुण्ड ने बकरे को स्टोर में बंद करके बाहर से ताला लगा दिया था।
ओह ! यहां तो खाने के लिए बहुत माल है ! हुर्रे...
उसके सचमुच मजे आ गये थे।
वह बकरा लक्कड़-हजम, पत्थर-हजम चूर्ण का इस्तेमाल भी करता था, इसलिए–
चपर...चपर!
चपर... चपर!

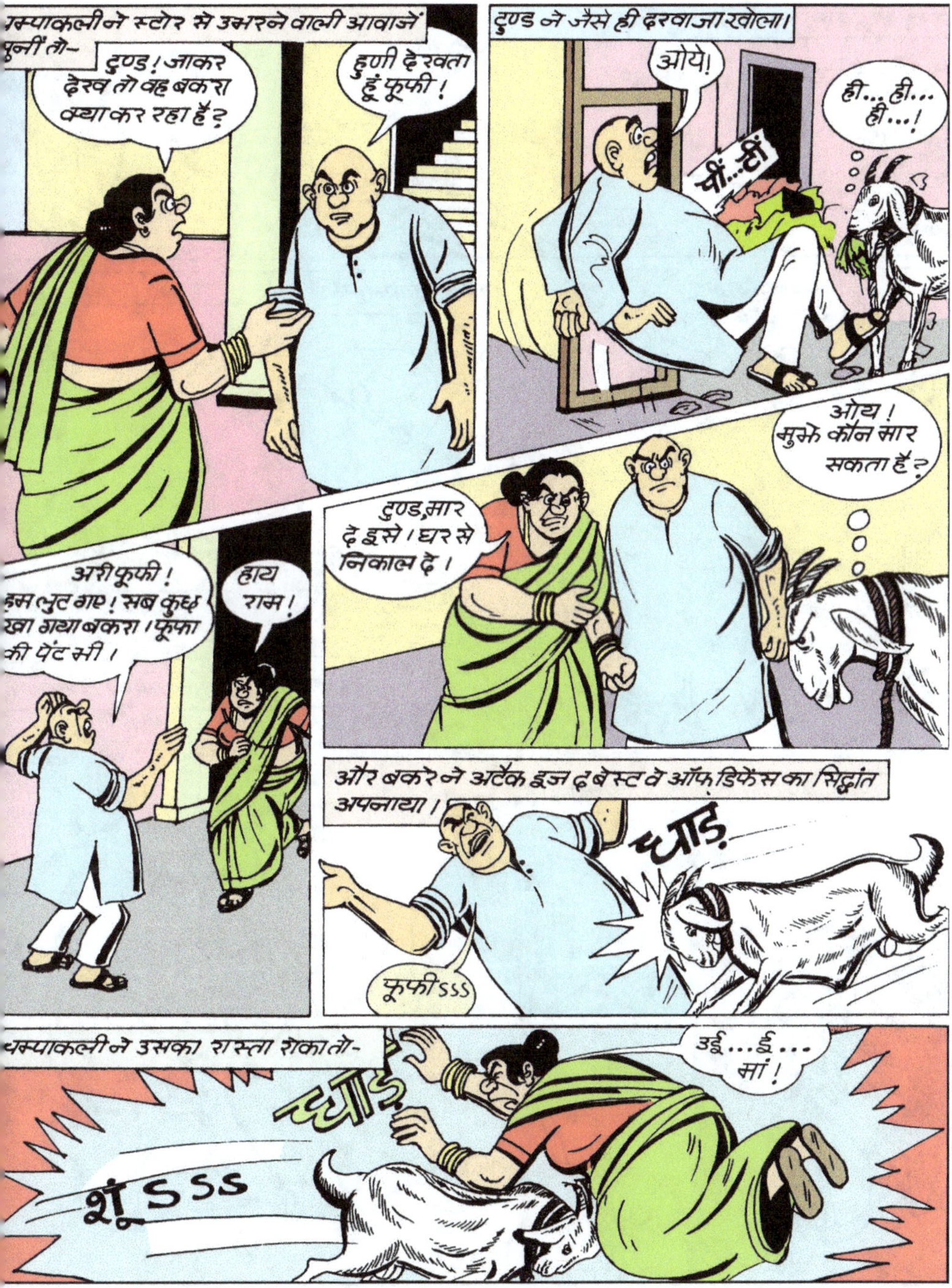
चम्पाकली ने स्टोर से उभरने वाली आवाजें सुनीं तो-
टुण्ड! जाकर देख तो वह बकरा क्या कर रहा है?
हुणी देखता हूं फूफी!
टुण्ड ने जैसे ही दरवाजा खोला।
ओये!
पीं...टीं
ही... ही... ही...!
ओय! मुझे कौन मार सकता है?
टुण्ड, मार दे इसे। घर से निकाल दे।
अरी फूफी! हम लुट गए! सब कुछ खा गया बकरा। फूफा की पेंट भी।
हाय राम!
और बकरे ने अटैक इज द बेस्ट वे ऑफ डिफेंस का सिद्धांत अपनाया।
धाड़
फूफीsss
चम्पाकली ने उसका रास्ता रोका तो-
उई...ई... मां!
धाड़
शूंsss

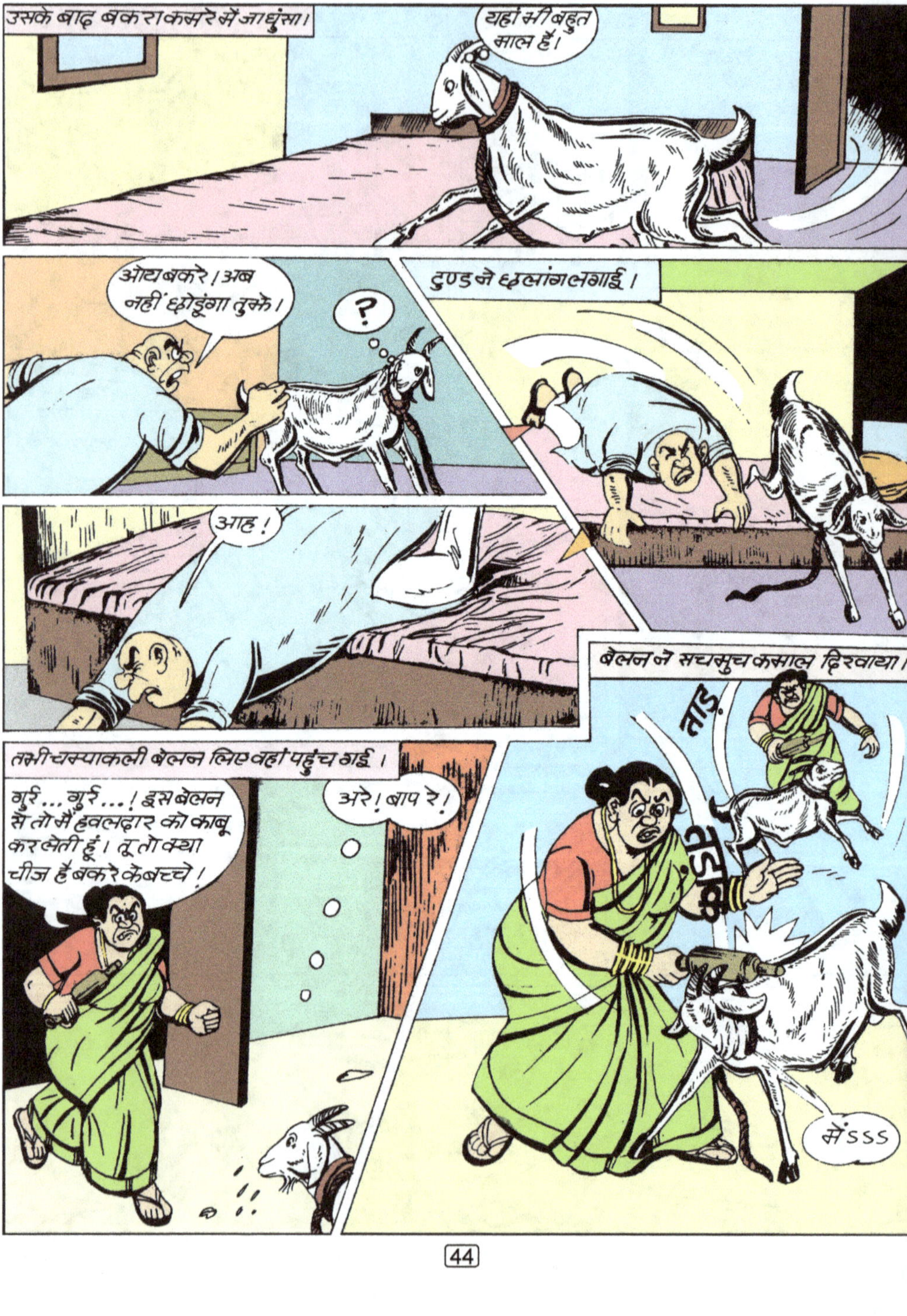
उसके बाद बकरा कमरे में जा घुसा।
यहां भी बहुत माल है।
ओय बकरे! अब नहीं छोड़ूंगा तुझे।
?
टुण्डे ने छलांग लगाई।
आह!
तभी चम्पाकली बेलन लिए वहां पहुंच गई।
गुर्र... गुर्र...! इस बेलन से तो मैं हवलदार को काबू कर लेती हूं। तू तो क्या चीज है बकरे के बच्चे!
अरे! बाप रे!
बेलन ने सचमुच कमाल दिखाया।
ताड़.
तड़ाक.
मेंSSS

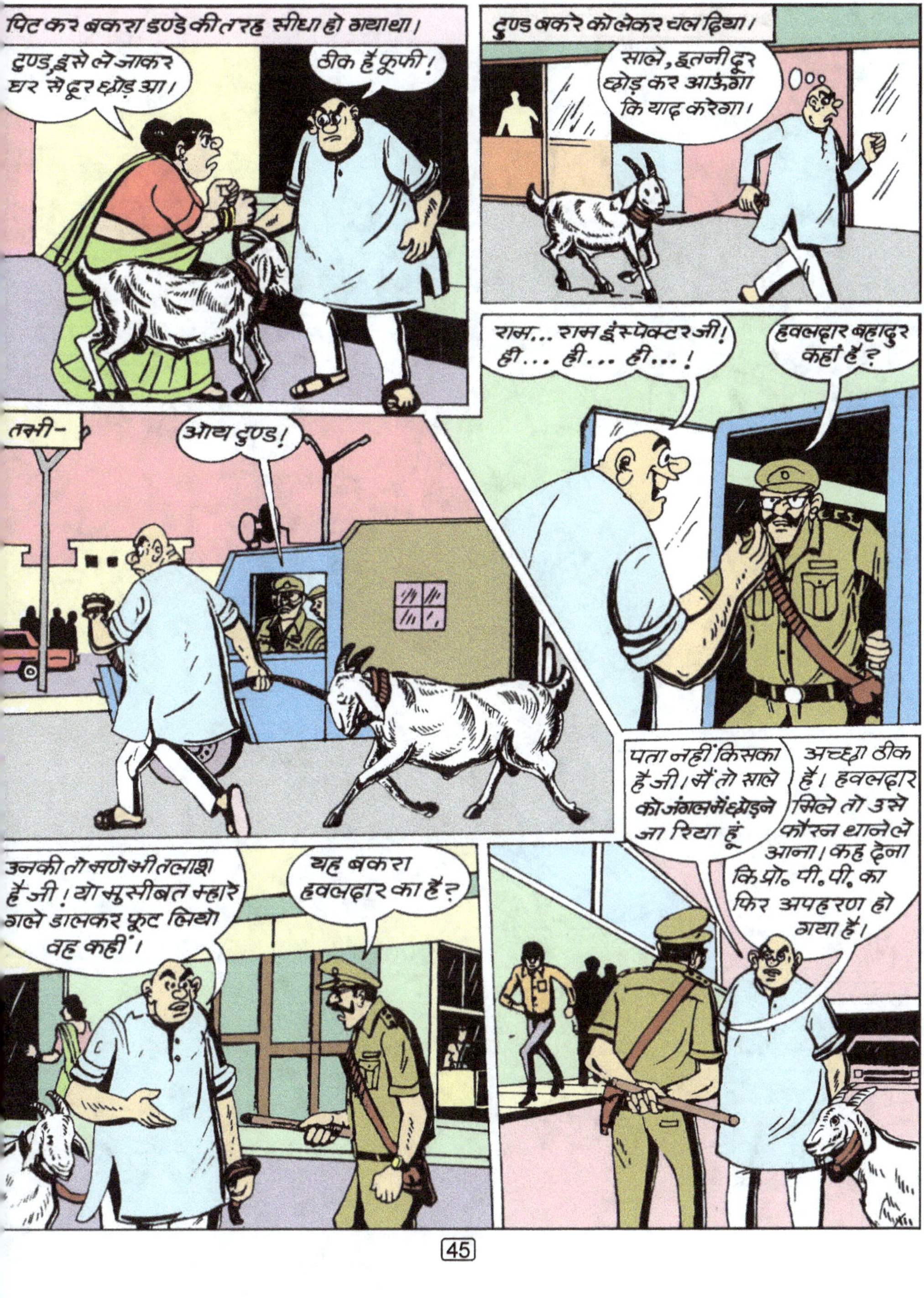
पिट कर बकरा डण्डे की तरह सीधा हो गया था।
टुण्ड, इसे ले जाकर घर से दूर छोड़ आ।
ठीक है फूफी!
टुण्ड बकरे को लेकर चल दिया।
साले, इतनी दूर छोड़ कर आऊंगा कि याद करेगा।
तभी-
ओय टुण्ड!
राम... राम इंस्पेक्टर जी! ही... ही... ही...!
हवलदार बहादुर कहां है?
यह बकरा हवलदार का है?
उनकी तो मणे भी तलाश है जी! यो मुसीबत म्हारे गले डालकर फूट लियो वह कहीं।
पता नहीं किसका है जी। मैं तो साले को जंगल में छोड़ने जा रिया हूं
अच्छा ठीक है। हवलदार मिले तो उसे फौरन थाने ले आना। कह देना कि प्रो. पी. पी. का फिर अपहरण हो गया है।

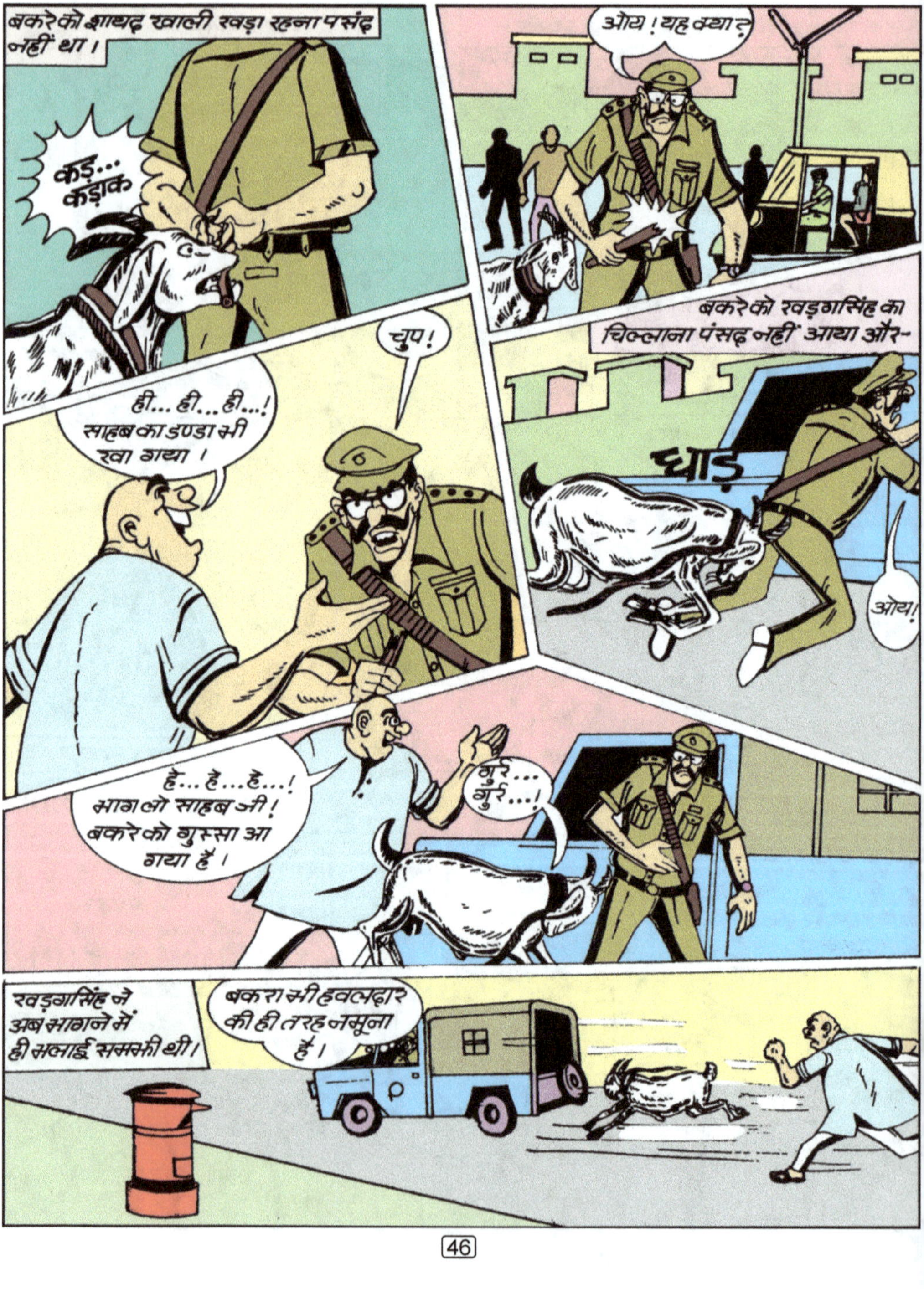

बकरे को शायद खाली खड़ा रहना पसंद नहीं था।
कड़... कड़ाक
ओय! यह क्या?
बकरे को खड़गसिंह का चिल्लाना पसंद नहीं आया और-
चुप!
ही... ही... ही...! साहब का डण्डा भी खा गया।
धाड़
ओय!
हे... हे... हे...! भाग लो साहब जी! बकरे को गुस्सा आ गया है।
गुर्र... गुर्र...!
खड़गसिंह ने अब भागने में ही भलाई समझी थी।
बकरा भी हवलदार की ही तरह नमूना है।

ओय रुक जा! पुलिस को दौड़ाना अपराध है।
उधर काले उस्ताद के अड्डे पर -
और गुदगुदी करो साले के।
ओय नहीं! अब और नहीं हंसा जाता।
तो फिर घुटना तुड़वा ले।
नहीं SSS
तुल्लती झाड़ूं क्या?
नहीं बे!
गुदगुदी ही करो साले के।
और गुदगुदी पहलवान फिर शुरू हो गया।
ही... ही... ओय...नहीं! हा... हा... हा...!
हंसा-हंसाकर पेट फाड़ दूंगा बेटा!
बचना चाहता है तो बता दे फार्मूला कहां है?
हो... हो... हो... हा... हा...हा...

और जब प्रोफेसर बेहाल हो गया–
ओय... हा... हा... हा...! रो... को... बताता हूं।
रोक दे पहलवान!
उधर हवलदार बहादुर अपने घर पहुंचे
ओय चम्पाकली! इधर आ, तुझे एक बात बताता हूं।
चम्पाकली तो उनके ही इंतजार में थी–
आ गए!
ओय! बेलन क्यों?
तड़ाक
तड़
ओय!
चम्पाकली ने क्रोध में उन्हें बुरी तरह पीट डाला था।
अब बताओ, बकरा क्यों भेजा था?
बकरा! कहां है बकरा?
उसे तो गुण्ड जंगल में छोड़ने गया है, मगर मैं तुम्हें नहीं छोड़ूंगी। मेरे घर का सत्यानाश कर डाला उस बकरे ने।
ओय! हट पीछे।

ने बकरा जंगल में क्यों
जा? वह प्रोफेसर
र्गो पी.पी. का बकरा
था।
कौन पी.पी.?
बहुत बड़ा वैज्ञानिक है। और वह बकरा भी बहुत कीमती था।
भाड़ में जाए बकरा और वह तुम्हारा पी.पी.।
भी काना उस्ताद अपने गैंग के साथ
हां पहुंचा था।
यही है हवलदार बहादुर का घर! दुल्लती झाड़कर दरवाजा तोड़ दे।
अभी लो बॉस!
अगले पल-
धड़ाम
ओय!
उई...ई...ई...
काना उस्ताद अपने साथियों के साथ भीतर घुस आया-
यही है हवलदार बहादुर!
घुटना तोड़ दूं बॉस?
ओय! कौन हो तुम लोग? हवालात में सड़ा दूंगा सालों!
गुदगुदी पहलवान! जरा संभालना तो इसे।

ओजी!
उई... ई... ई...!
क्या हो रहा है यह? सिर फोड़ दूंगी। आह...!
तड़ाक
दुल्लती झाड़ ने अपना काम दिखाया।
हाय मरी!
धाड़
ओय! मेरी पत्नी को क्यों मारा?
अभी बताता हूं।
अब बोल, बकरा कहां है? वरना इसकी खोपड़ी उड़ा दूंगा।
ओय! कैसा बकरा?
घुटने तोड़ दूंगा साले!
ओय! तेरी तो...!
तड़ाक

फिर दुल्लतीझाड़ ने हवलदार को पकड़ लिया और गुदगुदी पहलवान अपने काम में जुट गया।
ओय! की कर रिया हैं। ही... ही... ही... हा... हा... हा!
बकरे का पता बता दे।
कौन-सा बकरा?
वही, जो तू प्रोफेसर पी.पी. के घर से लाया था। बोल, कहां हैं वह?
हा... हा... हा... ही... ही... ही...
उसे तो मैंने जंगल में छुड़वा दिया है।
क्या? साठ लाख के बकरे को जंगल में भेज दिया
साठ लाख?
हां, हमारे लिये वह बकरा साठ लाख का हैं। अब तू ही उसे जंगल से ढूंढ कर लाएगा और हमारे हवाले करेगा। तब तक तेरी यह मोटी पत्नी हमारे पास बंधक रहेगी।
ओय नहीं, चम्पाकली को छोड़ दो।
मगर वे लोग चम्पाकली को साथ लेकर चले गए।
अरे, अब मैं बकरे को कहां ढूंढूं?
तभी-
ओय फूफा, यो म्हारा दरवाजा किसने तोड़ा?
दरवाजा गया भाड़ में। बकरा कहां है?

बकरा... ही... ही... ही...! वह तो बड़ा ही खुराफाती था। अपने इंस्पेक्टर खड़गसिंह को ठोकने उनके पीछे थाने गया है वह।
हवलदार तुरंत ही बाहर की ओर लपके।
कहां चले फूफा?
बकरे को खोजने।
बकरा उन्हें थाने के बाहर ही मिल गया।
ओय वीरू! यहां क्या कर रहा है?
आ गया अपना याड़ी!
ओय! तू खड़गसिंह के पीछे यहां तक आ पहुंचा। ही... ही... ही...!
तभी-
अरे हवलदार!
ओह!
यही तो है वो।
अगले पल बकरे ने छलांग लगाई और-
ओय रुक जा।
उई... ई... ई...

पीं... टीं...
हवलदार ने तेज दौड़ लगाई और बकरे को पकड़ लिया।
ओय! खड़गसिंह से बाद में निपट लियो, पहले मेरे साथ चल।
और वह बकरे को लेकर चल दिए।
अपनी चम्पाकली की जान खतरे में है बकरे बादशाह! पहले उसे बचाना है!
तभी-
आ गए तुम?
हां! और बकरा भी आया हूं।
खड़गसिंह ने खिड़की से उन्हें जाते देखा तो -
हवलदार का पीछा करो। और जब वह उस खुराफाती बकरे को घर छोड़ दे तो उसे मेरे पास लेकर आना।
उधर हवलदार बकरे को लेकर उस पते पर पहुंचे, जो काना उन्हें बता गया था।
आज मैं उन बदमाशों से अकेला ही निपट लूंगा।
आंय! यह तो वही बंदा है, जिसने हमारे घुटने तोड़े थे।

घुटनातोड़ उन्हें भीतर लेकर आया।
ओह! बकरा आ गया।
मेरी चम्पाकली कहां है?
ओय चुप
फिलहाल हवलदार को कमरे में बन्द कर दो।
फिर-
धाड़
उधर-
गुदगुदी पहलवान, जरा बकरे के गले से पट्टा तो खोलो।
अभी लो जी!
बकरे को वह लोग पसंद नहीं आए थे।
धाड़
हाय!
फिर बकरे ने बाकायदा तांडव शुरू कर दिया।
धाड़
ठाक
धड़ाक

धर-
अब समय आ गया है कि अपनी अदृश्य होने की शक्ति का उपयोग शुरू करूं। ही... ही... ही...!
काने उस्ताद और उसके साथियों ने बड़ी मुश्किल से बकरे को घेर कर एक कमरे में बंद कर दिया।
हवलदार को लेकर आओ। वही बकरे का पट्टा खोलकर हमें देगा।
ल्लती झाड़ हवलदार को लेने पहुंचा।
ही... ही... ही...!
आंय! कहां गया कपड़े उतार कर?
और अगले पल-
धाड़
आह!
ेर हवलदार ने उस पर सवारी गांठ ली।
क...कौन है? छोड़ो!
उधर-
दुल्लती झाड़ अभी तक हवलदार को लाया क्यों नहीं?
??
??

तभी-
बचाओऽऽऽ
ओय!
क्या हुआ?
भ...भूत!
इस बीच हवलदार ने गुदगुदी पहलवान के निकट पहुंचकर उसका हाथ पकड़ा और-
ओय! क्या करता है!
उफ!
तड़ाक
घुटना तोड़ को भी क्रोध आ गया।
घुटना तोड़ दूंगा साले!
धाड़
उई... ई... ई...!
फिर वे दोनों आपस में भिड़ गए।
ढिशुम

ओय! रुक जाओ। आह!
आह!
काला उस्ताद उनकी ओर बढ़ा तो हवलदार ने उसे अड़ंगी लगा दी थी।
दुल्लतीझाड़ ने उसे अपना अदृश्य शत्रु समझा और -
तड़ाक
हाय!
गोली मार दूंगा साले!
हवलदार बहादुर तुरन्त उसके निकट पहुंचे और -
ओय! क...कौन है?
रिवाल्वर को अपनी ओर आते देख वह दोनों लड़ना भूल गए।
ओय रे!
अरे बाप...!

फिर-
आई ... ई ... ई
ठाक
घुटना तोड़ का सिर फूट चुका था।
अब गुदगुदी पहलवान की बारी थी।
बहुत गुदगुदी करता था साले,
उई ... ई ... ही ... ही ... ही ...!
हा ... हा ... हा ...!
कुछ ही क्षण में गुदगुदी पहलवान हंसते-हंसते बेहोश हो गया।
हा ... हफ!
बॉस! भागो, यहां तो कोई भूत घुस आया है।
तभी-
ठाक
आह!
धाड़
अब सिर्फ बॉस बचा था।
ओ ... ओ ... हाय!

उफ!
घड़ाम
चोट की पीड़ा और भय के कारण काने उस्ताद की डिब्री टाइट हो चुकी थी।
हा... हा... हा...! वाह रे जिन्न भाई! तेरी ही ताकत के सहारे मैंने इस चाण्डाल चौकड़ी का बाजा बजा दिया।
दूसरे कमरे में जाकर उन्होंने अपने कपड़े पहने और –
अब चम्पाकली को ढूंढ़ता हूं।
बराबर के कमरे में ही चम्पाकली और प्रो० पी.पी. कैद थे।
हवलदार बहादुर...!
आ गए जी!
हां प्राण प्यारी!
तभी हवलदार का पीछा करने वाला सिपाही, इंस्पेक्टर खड़गसिंह को लेकर वहां पहुंच गया।
क्या हो रहा है यहां?
हे... हे... हे...! लो जी, यह भी आ गए।
हवलदार उन्हें दूसरे कमरे में लेकर आए।
देखो, मैंने बदमाशों की खाट खड़ी कर दी है।
यू आर ग्रेट हवलदार बहादुर।

प्रोफेसर पी.पी. ने खड़गसिंह को हवलदार की बहादुरी का किस्सा सुनाया तो -
क्या ? तुमने अकेले इन सबको बेहोश कर दिया !
हे... हे... हे...! यह तो कुछ भी नहीं है जी। चार-छः और भी होते तो लिटा देता सालों को।
अच्छा ठीक है, मगर वह बकरा कहां है, जिसके लिए यह सारा हंगामा हुआ ?
यहीं होगा। अ
बुलाता हूं।
कहकर...
... उन्होंने जोर से आवाज लगाई -
ओ वीरू !
तुरन्त ही -
धड़ाम
भीतर आते ही बकरे ने जैसे ही खड़गसिंह को देखा।
यही तो है वो... गुर्र... गुर्र...!
और -
ओय... ओय... रोको इसे !
गुर्र... गुर्र
ही... ही... ही...!
मजा आ गया
हा... हा... हा...!
साठ लाख के बकरे की कहानी इस हास्यास्पद दृश्य के साथ यहीं समाप्त होती है।

समाप्त.

पहचानिए—हवलदार बहादुर के कॉमिक्स के खलनायकों को

अफ्रीकी जादूगर झोलमोल को पंगा लेने में बहुत आनंद आता था। किंतु रोज-रोज जंगली जानवरों और अपने ही कबीले वासियों से पंगा लेते-लेते झोलमोल कुछ ऊब गया। अत: अब वह चमड़े के पन्नो पर एक जादुई ग्रंथ लिखने लगा।
हे...हे...हे! ऐसी किताब लिखूंगा, जिसे खोलकर पढ़ने वाला कभी शांति से नहीं बैठ सकता।
संयोगवश वह पंगाग्रंथ हवलदार बहादुर के हाथों में लग गया और वह उसे खोल बैठे...
हवलदार ने पहला पृष्ठ खोला।
तेरा इसमें कोई नहीं था। मगर तूने अड़ा ही दी अपनी टांग। अब जरूर आएगा ओरंग ऊटेंग।
बहू...हू...हूऽऽ फंस गए टुण्ड बेटा। आज हमारी खैर नहीं।
के कह रियो हो फूफा। यह ओरंग ऊटेंग के बला सै?
कैसे क्या हुआ? जानने के लिए पढ़ें इस दशक का सबसे मजेदार 96 पेजों का सुपर विशेषांक
हमारा वायदा – हवलदार बहादुर का हर विशेषांक एक से बढ़कर एक होगा।
हवलदार बहादुर और पंगाग्रंथ

क्यों पाठको, पहचाना कौन है चम्पाकली की गोद में? अगर नहीं, तो हम बताते हैं। यह हैं आपके प्रिय हवलदार बहादुर। क्यों, हो गए न हैरान? कैसे हुआ यह? जानने के लिए पढ़ें 'कीप साइलेंस' का उल्लंघन करता और हास्य की सभी सीमाओं को तोड़ता हुआ विशेषांक—

हवलदार बहादुर और डा. सूपड़ा

www.ingramcontent.com/pod-product-compliance
Lightning Source LLC
La Vergne TN
LVHW051011051026
849532LV00005B/1913